2012-16083.

ADVIS SVR LES DVELS.

A PARIS,

Chez IEAN HOVZE, au Palais en la Gallerie des prisonniers allant en la Chancellerie.

M.D.C.IX.

AV ROY.

SIRE,

Les grands Capitaines qui ont comme vous immortalisé leurs noms par leurs faits heroiques, n'ont peu s'attribuer la gloire entiere de leurs victoires. Ceux qui ont combatu soubs leurs enseignes, & valeureusement executé leurs commandemens ont partagé auec eux, bien qu'inegalement, l'honneur de leurs triomphes. Apres tant de lauriers dont vostre Maiesté à couronné son chef, il luy reste vn combat à l'encontre d'vn puissant & tres-dangereux ennemy, mais la victoire sera toute sienne sans qu'autre y puisse pretendre droict, encore moins en demander partage. Cet ennemy est la mauuaise & pernicieuse coustume des Duels qui s'est premierement introduicte par la disposition & inclination de vostre noblesse (qui par son vice faict paroistre iusques à quel degré peut monter *sa vertu) puis estant fortifiée par le cours des ans & voilée du specieux pretexte d'honneur, tient au iourd'huy lieu de loy fondamentale & sacrée dans l'estat d'icelle, de façon que le gentil-homme feroit maintenant beaucoup moins de scrupule de se rebeller contre Dieu, faire vn deseruice à vostre Maiesté voire tourner ses armes contre vostre Estat, que de manquer à l'estroite obseruation de cete loy. Et ce mal à faict vn tel progrez, que ceux mesme d'entre les Caualiers, qui par leur prudence & iugement cognoissent l'iniquité & absurdité de ceste mal'heureuse coustume, se laissent toutesfois emporter à l'impetuosité de ce torrent de vanité, estans contraints de dementir par leur actions ce qui est de leur creance. Cete victoire, SIRE, aura son fruict present & sa gloire immortelle, d'autant que par elle demeurera exterminé cet ennemy qui a precipité au tombeau tant de gene-*

reux Frãçois, & qu'aussi par mesme moyẽ sera conseruée à l'aduenir cete excellente noblesse qui est la principale force & defense de vostre Royaume. Si les Romains grands obseruateurs de la iustice distributiue qui consiste en la recompẽse de la vertu & punition du vice, ont voulu honorer d'vne couronne l'affection & la valeur du soldat qui par ses armes auoit cõserué la vie d'vn de ses compagnons, combien de couronnes vostre Majesté pourra elle adiouster aux siennes pour auoir conserué tant de braues gentils-hommes d'ẽtre ceux qui sont viuans & qui naistront cy apres? Or chacun sçait que vostre Majesté, SIRE, est entierement portée à ce loüable dessein. Mais on tient qu'elle se trouue empeschée sur les moyens de l'execution: d'autant que les remedes qu'on luy propose, & qu'elle auoit cy deuant ordonnez semblent (bien que caustiques & douloreux) n'estre toutesfois assez puisſants pour oſter la cauſe du mal, ou en tout cas pouuoir cauſer des accidens funeſtes. Nous liſons en vn ancien autheur, qu'auparauant que la ſcience de Medecine fuſt redigée en preceptes certains, on expoſoit les malades à la veuë de tous, & chacun des paſſans eſtoit inuité d'interoger le malade & prendre cognoiſſance de ſon mal pour y apporter le remede neceſſaire ſelon ſon experience ou iugement. La maladie qui affecte les parties nobles du corps dõt vous, SIRE, eſtes le chef, eſt notoire à tout le monde, plus cogneuë toutesfois par ſes effects que par ſa cauſe. Mais peu de gens ſe monſtrent ſoucieux de contribuer ce qui eſt de leur induſtrie pour propoſer cõtre ce mal quelque remede, & ſoulager d'autant voſtre Majeſté & mes Seigneurs de ſon Conſeil. En vn ſilence tãt vniuerſel, i'ay non ſans cauſe apprehendé d'ouurir la bouche. Mais conſiderant, qu'vn ſimple villageois ſert bien ſouuent deguide à vne armée Royale, & que l'immense Baleine qui semble dominer en l'Ocean emprunte à mesme fin la dexterité d'vn petit poisson, I'ay estimé ne deuoir donner tant de lieu à la crainte, n'y à la mauuaise honte que ie fusse empesché de decouurir vn chemin lequel ie croy plus aysé pour tirer vostre Noblesse hors des precipices merueilleux ou elle se trouue engagée, & marquer vne route nouuelle pour euiter les rochers blanchissans par les os de vos plus braues subiects & seruiteurs. Si en m'efforçant de donner cete adresse, ie suis iugé m'estre moy mesme foruoié, i'accuse ma foiblesse, & prie Dieu qu'il luy plaise benir les moyens que vostre Majesté trouuera bon d'y employer selon la prudence que Dieu luy a donnée sans mesure pour le gouuernement des peuples qu'il luy à assubiettis. Ainsi puisse la France iouir longuement du repos qui luy est acquis par vos inuincibles armes,

& que tous les François receuans de vostre Maiesté ce nouueau bien-faict, soiet de plus en plus obligez à pousser leurs vœux au Ciel, comme ie fais, pour la continuation de sa prosperité & accroissement de sa grandeur.

ADVIS SVR LES DVELS.

LA multitude des Loix & Ordonnances est vn Indice de la maladie d'vn estat. Les Lacedemoniens n'auoient aucunes Loix escrites, ils les gardoient en leur memoire & les obseruoient exactement: Les nostres sõt biẽ escrites en plusieurs volumes & registrées és registres des Parlemens. Mais elles ne se trouuent point escrites en nos cœurs &

auſſi peu Regiſtrées en noſtre memoire. Le grand nombre les à faict negliger. Les Locriens voulãs jadis remedier à vn pareil inconuenient ordonnerent que tout homme qui voudroit donner aduis pour faire vne nouuelle loy ſeroit tenu de le propoſer la corde au col en l'aſſemblée du peuple, afin que ſi la propoſition n'eſtoit trouuée iuſte, il fuſt eſtranglé ſur le champ pour punition de ſa temerité. Il n'y à rien ſi deſirable que d'ẽgrauer és cœurs des peuples, vn deſir de bien viure, en ſorte que le frein de la loy leur ſoit moins neceſſaire. Auſſi peut-on dire par vne conjecture bien preignante que le peuple qui à moins de loix eſt le plus ſage, comme le corps plus ſain qui vſe moins de medecine, L'vſage trop frequẽt des Medecines debilite tellemẽt le corps que nature ne peut plus rien faire de ſon mouuement, & ne pouuant plus rien faire ſans Medecine, il aduient finalement qu'elle ne veut plus rien faire pour Medecine. C'eſt pourquoy le peuple dit communement que nous n'auons plus beſoing que d'vne ordõnance qui enioigne de garder les ordonnances, & toutesfois il eſt certain qui y à pluſieurs ordonnances, leſquelles ſont iuſtement abrogées par vn vſage contraire, & autres qu'on à ceſſé de garder pour eſtre recogneuës de peu d'vtilité: toutes leſquelles deuroient eſtre inrayées de nos liures, afin que l'inobſeruance des vnes ne nous porte au meſpris des autres. Nonobſtant cétte multitude d'ordonnances, il n'y à perſonne qui ne recognoiſſe eſtre du tout neceſſaire d'en adiouſter encores vne pour remedier aux triſtes & lamentables accidents qui naiſſent de la licence effrenee des Duels, qui ne ſera pas tant adiouſter que reſtablir & faire reuiure les anciennes deffences de long temps violées par les frequẽtes contrauentions, & comme enſeuelies dans les tombeaux de ceux qui par leur mort ont ſignalé leur deſobeiſſance. Cete ordonnance eſtant reſtablie auec le changemẽt icy propoſé ou autre meilleur, & plus agreable au Roy, & à meſſeigneurs de ſon Cõſeil, l'eſtroicte, & religieuſe obſeruation d'icelle ſera du tout neceſſaire, pour ne tomber en l'inconuenient cy apres remarqué.

Or il y à deux cauſes principales qui empeſchēt que les ordōnances de France ſoient deuëment obſeruées. La premiere eſt l'humeur libre où pluſtoſt licencieuſe de la nation Françoiſe, & principalement de la nobleſſe qui ne porte pas volontiers le ioug, s'il n'eſt bien doux, & leger. La ſeconde que le Roy prend plus de plaiſir à vſer de ſa ſoueraine puiſſance en pardonnant, qu'en puniſſant. La derniere de ces cauſes peut eſtre oſtée promptement, entant qu'elle depend du bō plaiſir de ſa majeſté, & l'autre par meſme moyen peut aiſément auec le temps receuoir vn changement en mieux principalement ou l'vtilité du changement ſe recognoiſtra manifeſtemēt & de premiere veuë, comme au fait des Duels. Cet aduis toutesfois ne tend pas aux extremes rigueurs, & quoy qu'on vueille dire qu'vn flux de ſang s'eſtanche en euentant la veine, neantmoins il demeure touſiours vray generalement que les remedes plus doux ſont les plus deſirables, la douce haleine du vent de midy oſtera pluſtoſt au paiſan ſon manteau que les tourbillons impetueux du vent de Bize. Il faut s'il eſt poſſible pourueoir à la cõſeruation de la nobleſſe ſans en diminuer le nombre par le ſuplice daucũs: la guariſon du corps eſt cherement acheptée par le retranchement d'aucuns de ſes membres.

Si le remede eſt violent, & la peine capitale ſans aucune eſperance de grace (comme la voix commune deſire) il en reſulte deux inconueniens, Premierement vous tombez ſans y penſer en l'opinion d'Ariſtote authoriſant la loy par deſſus le Prince, & oſtez ce qui eſt de plus doux en la Monarchie. Car la grace ou remiſſion, ſi vous la conſiderez en ſon droict vſage eſt vn bien non petit, qui reſulte de l'eſtat Monarchique, & ne ſe trouue point ou bien rarement en l'eſtat Democratique, d'autāt qu'en ceſtui-cy la loy à le ſouuerain cōmandemēt, loy qui eſt ſourde, inexorable plus deſirable aux petits qu'aux grands, comme celle qui venge l'iniure, faicte par le grand au petit, par le puiſſant au foible qui bannit, qui tue, & confiſque ſans acception de perſonne par vne proportion arithmetique. (Toutesfois les Romains plus polis que les autres ont vsé de la geometrique en plusieurs de leurs loix penales) Mais en l'estat monarchique le Prince donne le temperamẽt à la loy escrite soit en l'interpretãt fauorablement, soit en remettant, ou adoucissant la peine sur consideration de merites, ou seruices. D'autant que la vindicte publique & le glaiue punisseur des crimes est en sa main, chose beaucoup plus desirable qu'vne extreme rigueur, qui bien souuent approche de l'iniustice. Car à la verité, c'est chose tres-perilleuse entre tant de rencontres de la vie humaine, ne pouuoir viure que par nostre innocence.

Le second inconuenient est que ce remede violent fera plustost son effort contre les malades que contre la maladie: Quoy que ce soit il n'ostera point la racine du mal, & la perte d'vne teste, où de plusieurs, ne guarira point les autres qui sont preocupées de cétte creance, Que le gétil-homme doit plustost s'exposer à toutes sortes de maux & d'inconueniens, que de souffrir estre faicte breche à son honneur : Et de l'iniure, ou entreprise qu'il pretend auoir esté faicte contre iceluy, il s'en constitue iuge, ou autres dont les vns bien que sages en autres affaires sont cótraints en cetuy cy de tenir leur iugement captif dessoubs la loy du temps, & les autres ont le iugement alteré par vne impression née auec eux, & fondée sur cét ancien abus qui tient le lieu d'vn legitime vsage. Que ferót-ils donques entre ces deux extremitez? Ie ne doubte point que les plus ſages, & moins adherans à l'abus ne ſe portent aſſez facilement à l'obeiſſance. Et neantmoins ce ne ſera ſans proteſter de leur courage, & que la rigueur de l'ordonnance les oblige à ce à quoy autrement ils ne voudroient iamais pẽſer, que pour ceſte querelle ils combatroient encore qu'ils fuſſent morts, & la deſſus propoſeront mille difficultez, de ſorte qu'il ne faudra que cinq ou ſix querelles entre gentils-hommes ſignalez & releuez, pour empécher toute vne année Meſſieurs les Marechaux de France reſi dans à la Cour. Mais les moins ſages feront pis, car ou ils ſortiront du Royaume, & emprunteront des Princes voiſins vn quartier de terre pour y faire leur tombeau, ou ce qui eſt plus à craindre, ſe porteront aux aſſaſſinats, ou feront des aſſemblées en armes, de maniere qu'il y à danger qu'en voulant chaſſer vn grand mal, il s'en introduiſe vn pire qui eſt la trahiſon ou vne eſpece de guerre Ciuile, & ſi par cete voye oblique aucuns contreuiennent à l'ordonnance, il n'y aura celuy qui ne vueille franchir la muraille par ceſte meſme breche, dont naiſtra vne merueilleuſe confuſion. Le vice quand il n'eſt point remué ſemble plus tolerable. Mais quand on l'a voulu reprimer, ou reſſerrer dans les ceps de la loy, s'il eſchappe, il prend nouuelles forces & vient à vn exces merueilleux, comme la beſte ſauuage eſt irritée & rendue plus furieuſe par les liens dont elle eſt eſchappee. La verité de cete maximé ſe recognoiſt par le progrez des Duels. Car le Roy Philippe le Bel, les ayant interdicts par Edict, fut conſeillé trois ans apres de les permettre, pour euiter aux aſſaſſinats qui ſe commetoiẽt, & dont la preuue eſtoit difficile. Au moyen duquel ſecond Edict de l'an 1306. Ils furent rendus beaucoup plus communs que parauant; c'eſtoient toutesfois combats en cãp clos qui ne ſe faiſoient ſinon pour grandes & importantes cauſes, rarement & auec beaucoup de ſolennitez qui ſont repreſentées par Ieã de Villiers ſieur de L'iſle Adam, Hardouin de la Iaille, Oliuier de la Marche, Guy Pape, & autres qui en ont eſcrit.

Ceſte permiſſion à duré iuſques au Roy Henry II. authoriſée ou pluſtoſt tolerée par douze Roys ſucceſſiuement, pendant lequel temps les plus memorables exemples que nous en ayons en France ſont le combat du Sieur de Carouges, & de Iacques le Gris rapporté par Froiſſart liure 3. & le combat des Sieurs de Veniers & de Sarſay en preſence du Roy François rapporté par le ſieur du Bellay en ſes memoires ſans parler du combat de Meſſire Machaire contre vn leurier par lequel fut aueré l'aſſaſſinat commis en la perſõne d'Aubery de Mondidier, par ce que ce fut vn accident fort extraordinaire:

La permiſſiõ fut finalemẽt leuée en l'an mil ſixcẽs quarãte ſept par la deffence du Roy Henry II. apres le combat memorable des Sieurs de Iarnac & de la Chaſteigneraye qui fut la premiere année de son regne Depuis comme si l'interdiction des Combats en camp clos eust includ vne permission de se battre en chãp libre & ouuert, les Duels ont commencé de s'authoriser par l'vsage & impunité iusques au temps du Roy deffunct, auquel se trouuerent des Courtisans faisans gloire de se rendre redoutables aux autres, comme les geans des premiers siecles, & lors comme l'on veit les Duels honorez de loüanges exquises & consacrez à l'eternité par l'erection de magnifiques statuës glorieuses inscriptions, & superbes epitaphes, il y eut presse à mourir si precieusement. Toutesfois cete ambition ne saisissoit encore que les ames plus altieres, le commun de la noblesse, mesme celle qui ne hantoit point la Cour vſoit de quelque retenue.

Mais les eſprits ayans eſté effarouchez par ces dernieres guerres ciuiles, la nobleſſe retirée en ſa maiſõ depuis la paix, s'eſt portée à tout ce qu'elle a pẽſé la pouuoir rẽdre redoutable, & à ceſte fin chaque gentil hõme à fait de ſa Sale de feſtins vne Sale d'eſcrime, & de ſes enfãs vne cõpagnie de gladiateurs (deſlors aucuns iugerent ce qui en aduiẽdroit) Cete ieuneſſe au bout de cinq ou ſix ans à voulu tenter ſi elle manieroit auſſi heureuſement ſon eſpée que ſes florets, ſeulement par vn vain deſir de ſe faire cognoiſtre, les ieunes y ont embarqué les vieux qui ont creu eſtre obligez de verifier le prouerbe que iamais bon cheual ne deuient roſſe, puis noſtre nature ſe porte facilement au mal, & plus facilement encores à l'excés du mal ja receu & pratiqué. De là ſont ſortis les grands & funeſtes accidens que nous auons veus. Pour épeſcher que ce mal ne paſſaſt plus auant, le Roy heureuſement regnant y a faict n'a pas long temps apporter par ſa Cour de Parlement vn remede, veritablement grand, & puiſſant. Mais l'experience à mõſtré que nos eſtomacs ſont trop deſbauchez pour porter vne ſi forte & puiſſante medecine. Le ſort mal-heureux de ceux qui furent les premiers tranſgreſſeurs de cete derniere loy, eſmeut ſa Maieſté à compaſſion, & d'ailleurs la rigueur & l'ignominie de la peine ordõnée par l'arreſt eſtonnerent les iuges, meſmes qui l'auoiẽt cõcerté & prononcé.

nocé. D'autre part le corps de la Noblesse n'estoit aucunement preparé à receuoir cete medecine, d'autant qu'elle ne voioit aucun reglement particulier pour la reparation des offences. Ce n'est pas tout que de deffendre & prohiber, il faut entant qu'il est possible, oster ou eslongner la cause du mal, autrement la loy ne seruiroit que d'vn piege. Or si tost que la planche fut dressée par ceux qui passerent les premiers sur ce profond & dangereux ruisseau, grand nombre d'attendans se presenterent en foule pour passer: Et depuis infinis autres, & entre ceux-là plusieurs qui pouuans sans vergongne prendre d'autres chemins plus aisez & plus droicts, se sont destournez par caprice ou par fureur & en passant ont faict faire piteux naufrage à ceux qui les vouloient accompagner en ce passage.

Cete transgression est paruenuë au debordement que nous voyons. Dont nous apprenons que quand nous chassons vn ennemy & luy fermons la porte aux talons, il nous faut garder de la r'ouurir, ou luy laisser aucun passage: autrement il rentre plus furieux.

Si donques la tolerance a fomente le mal. & la rigueur de la deffense à donné cause a l'impunité qui a engendré cete excessiue licence que nous voyons, que faudra-il faire desormais?

Il faut trauailler à oster la cause du mal par vn remede tel que la rudesse & aspreté d'iceluy n'en puisse empescher l'vsage.

Il a esté monstré en la premiere

partie de ce diſcours que la principale cauſe des Duels prouient de l'opinion de la nobleſſe, qu'en ſe portant courageuſement en cete action, elle acquiert beaucoup d'honneur, ſoit que la querelle ſoit iuſte ou nom, qu'elle ſoit fondée ſur vn ſubject d'importance, ou qu'elle ſoit faicte de gaieté de cœur. Oſtez donques l'honneur de ceſte action, auſſi toſt vous la ferez ceſſer. Ainſi les Mileſiennes qui par vne forcenerie contagieuſe pretendoient conſacrer leur memoire à la poſterité en ſe precipitant à la mort, furent deſtournées de cete vanité deſeſperee par la honte & l'opprobre, dõt on ſ'aduiſa de couurir leurs corps morts en les trainans tous nuds par les rues. Ainſi vn grand perſonnage du dernier ſiecle vou-

Liſez fleſtrir leur memoire en trainant leur corps nuds par les rues

lant former vne republique à l'imitation de Platon, pour corriger l'inclination que les femmes ont naturellement au luxe, il prend artificieusement le contrepied des anciens legislateurs Romains & suiuant la trace de zeleucus, qui par exceptions honteuses diuertissoit les Locriens des superfluitez, veut qu'en sa republique il soit permis aux putains seulement de porter chaines d'or, de perles, pierreries & autres semblables pareures. Et qui voudroit auiourd'huy reformer l'exces merueilleux des ornemens des dames, il faudroit nessairement, en adoucissant s'il estoit possible, l'aigreur des paroles, vser du mesme moyen.

Car la loy Oppia & autres loix sumptuaires des Romains & aussi les ordonnances de nos Roys sur la reformation des habits ont esté trouuées par experience, moiens peu suffisans pour deraciner la vanité du sexe feminin. Et si pour regler ces desordres, vous voulez faire distinction des qualitez, outre ce qu'elles sont tres-difficiles à distinguer, vous introduirez l'ambition, & la ferez monter iusques au dernier degré. Pour les mesmes raisons & peult estre auec autant de fruict, on pourroit faire cete ordónance: Qu'il fust permis aux laquais seulement de se battre en Duel, & deffences à tous autres, si ce n'estoit que nous semblerions vouloir en quelque façon retenir le mal dedãs la republique, ioinct que les ames Crestiennes sont toutes precieuses deuant Dieu entant quelles sont racheptées par le ſang de Ieſus Chriſt noſtre Seigneur. Or pour oſter l'honneur de cete actiõ, il faut mõter plus haut, & faire naiſtre és courages de la nobleſſe vn deſir de viure paiſiblement, de reſeruer toute ſa fougue & fureur contre les ennemis armez, Que ce ſoit deſormais le point d'honneur de monſtrer en toutes actiõs de l'equité, de l'humanité, de la courtoiſie. Et au ſurplus de paroiſtre entre les premiers exercices conuenables à ſa profeſſion, comme auſſi d'eſtre en l'equipage neceſſaire pour le ſeruice du Roy & ſouſtenement de l'Eſtat. que le gentil-homme ſoit auſſi doux & moderé entre ſes amis, qu'il deſire eſtre veu furieux & bon conbatant contre les ennemis, Qu'en oyant vne parole legere ou ambiguë, il ne la prenne à contreſens par vne ſubtilité affectée, que ce ſoit vn teſmoignage de ſa magnanimité de ne s'alterer pour peu de choſe, mais recherche la gloire de prudence, modeſtie & temperance en temps de paix, comme celle de vaillance en temps de guerre. Pour y paruenir, il eſt neceſſaire que ceux qui vſeront de paroles offenſiues ou aduantageuſes, ſoient repris, bafouez & mal menez par meſſieurs les Mareſchaux de France, Gouuerneurs de Prouinces, ou autres qu'il plaira au Roy commettre pour cet effect, leſquels en telles rencontres preuiendroit les plaintes quand le mal ſera venu à leur cognoiſſance: que celuy qui n'aura point voulu releuer la parole ou ſe ſera abſtenu d'en venir aux mains, ſoit loüé comme prudent & capable d'vn bon affaire, que ceux qui seront cogneus de cete louable humeur, (suppose qu'ils n'ayent faute de courage) soient auancez aux charges de la milice. Que cete vieille maxime hardy Capitaine, sage Lieutenant, & fol enseigne cesse d'estre suyuie pour le regard du dernier point seulement, car tant que les fols seront tenus capables des charges, bien que petites, nous en aurons abondance comme de hanetons en Esté. & telles gens engendrent naturellement les querelles. D'ailleurs il est certain que non seulement les Capitaines, mais aussi tous les membres & principaux Officiers des cōpagnies doiuent auoir de la prudēce pour sçauoir mieux commander que les soldats ne sçauront obeir, parce qu'ils peuuent contraindre les ſoldats à l'obeiſſance, & les ſoldats ne les peuuent obliger à bien commãder. Celuy qui par folie aura porté ſon drapeau vers la breche auant que l'aſſaut ſoit commandé, par la meſme folie ſe retirera fuyãt quand il aura trouué plus de reſiſtance qu'il n'auoit eſperé, & mettra tout en deſordre. Il y a trop lõg temps que la nation Françoiſe eſt en reputation de faire des folies. Le Roy François I. comme quelqu'vn luy voulut faire apprehender la ſageſſe des Venitiens, ie leur mettray dit-il tant de fols en teſte, qu'ils ne ſçauront de quel coſté ſe tourner. Ie ne veux apporter icy les teſmoignages des anciens & modernes, encores moins l'opinion qu'ont les eſtrangers de noſtre nation, ſpecialement les Italiens qui ne voyent gueres que nostre ieunesse: le tesmoignage de ce grand Roy suffira pour celuy qui ne veut decouurir nos vlceres: & si on desire vn tesmoignage tiré du vulgaire: Le mot de fol n'est point pris pour iniure en France. Quand donques il y aura vne querelle née, il sera besoin que les Seigneurs qui en prẽdrõt la cognoissance, ou par la prerogatiue de leurs dignitez, ou par attributiõ & mandemẽt particulier de sa maiesté, blasment l'agresseur, & honorent l'offensé, & facent faire par l'agresseur à l'offensé si grande & notable satisfaction, que la reputation de l'vn en soit diminuée, & de l'autre augmentee (chose qui n'a point encore esté pratiquée) Car puis qu'il aura voulu mal à propos s'enrichir de l'honneur d'autruy, il ſera raisõnable non ſeulement qu'il le reſtituë, mais auſſi qu'il en perde autant du ſien, qu'il en à voulu rauir à vn autre, pour ce faire il ſe faudra departir de la maxime qu'on tient auiourd'huy de ne point approfondir les querelles. Car combien qu'elle ſoit tres-bonne pour paruenir plus facillement à vn accord, qui eſt le ſeul but de ceux qui les appointent à preſent. Toutesfois d'autãt qu'ils ſeront obligez par l'ordonnãce ou reiglement de chaſtier l'aggreſſeur en quelque façon, il ſera neceſſaire d'apptofondir le faict, & examiner l'offenſe, tãt pour y pouuoir aſſeoir vn iugement certain, que pour faire entendre à l'aggreſſeur les raiſons de ſa condemnation, choſe qu'il faudra obſeruer contre l'vſage des iuges ordinaires (qui ne rendent point raiſon de leur iugement) tant afin que le condamné & ſes amis ſoient mieux informez de lequité ou religion des Iuges, que pour l'inſtruction des autres gentils-hómes de la Prouince, ioinct que la deduction de ces raiſons fera partie de la peine ordonnée. Si loffence eſt fort grieue prouenant d'inſolence, ou de meſpris exceſſif, aux ſatisfactions qui ſeront requiſes pour le contentement de l'offenſé, on pourra adiouſter vne fletriſſeure notable en priuant l'aggreſſeur de la charge qu'il pourroit auoir en la milice, ou le declarant indigne d'é auoir iamais aucune, ou iuſques à certain temps, & ſi par vn appel il à contrainct ſon ennemy d'en venir aux mains, il pourra eſtre degradé de noblesse si ce n'est qu'il y ayt lieu de moderer la peine pour les considerations particulieres resultans tant du merite de la personne, que principalement du merite du faict. L'exemple d'vne seule degradatió fera plus d'effect, que la perte de cent testes, ie ne parle point des assasinats : car les loix du Royaume y ont pourueu. Mais d'autant qu'il y pourroit auoir du doubte sur les qualitez d'aggresseur & d'offensé, sur lesquelles toutesfois le iugemét doit estre fondé, nous dirons (en nous submettant neantmoins aux sages aduis des Seigneurs qui prendront cete charge) que celuy sera tenu pour aggresseur, qui aura mal à propos reparty, soit de main, soit de voix sur vne parole qui n'estoit point offensiue : et encore plus celuy qui eſtant offenſé aura faict ou faict faire vn appel, auquel cas tous deux ſeront puniſſables diuerſement toutesfois, & proportionnement à leurs fautes par les moiens ſuſdits, & ſelon la prudence des Iuges. En ce faiſant, celuy qui aura cherché de l'honneur par la honte d'autruy ſe trouuera iuſtement couuert de vergogne & d'opprobre.

Ie ne doute point que pluſieurs d'entre la nobleſſe ne trouuent ce remede plus rude que ie ne l'ay qualifié, & qu'ils obiecteront que la peine qui leur oſte l'honneur eſt plus rigoureuſe que celle qui les priue de la vie, ayans accouſtumé d'abandonner leur vie pour ſauuer leur honneur. Mais quand ils m'auront concedé qu'vn reglement eſt necessaire pour abolir cete pernicieuse coustume, i'estime qu'ils m'accorderont pareillement, qu'il ne s'en peut trouuer vn plus doux qui soit efficacieux pour l'executió de la volonté du Roy, & contentement de tout le peuple François.

Car quand en faisant pratiquer les anciens Edicts, ou reuiure l'arrest du Parlement donné depuis peu d'années, la peine sera capitale, alors les pertes de l'honneur & des biens seront ioinctes à la perte de la teste.

Il est bien vray que cete perte d'honneur ne sera pas si sensible à la famille ou parenté du condamné à cause de l'opinion abusiue & erronée qui demeurera tousiours en l'esprit du gentil-homme, iusques à ce qu'on ait osté à cete action le voile d'honneur dont elle estoit *Obiection* couuerte. Ioinct que cete priuation d'honneur & de biens n'estant que cóme accessoire à la peine capitale, ils estimeront que la iustice du Roy sera satisfaicte par la mort du coulpable, & qu'en cete consideration les heritiers obtiendront facilemét la remise du surplus, tant par lettres de restitutió & rehabilitation, qu'en faisant demander la confiscation par aucuns de leurs amis.

Response. Mais supposé qu'il en aduienne ainsi (cela toutesfois depend nuement de la volonté de sa maiesté, & peut estre ne sera-elle pas conseillée de tant se relascher, mesmes pour le commencement) en tout cas, l'honneur du condamné & de ses enfans & famille, quelque lustre & esclat qu'il ait peu auoir demeurera esteint, & aneanty, du

moins

moins l'espace de quelques années & tels heritiers tiẽdront la successiõ comme en biẽ-faict du donataire de sa Majesté, par la main & moyẽ duquel ils en auront eu la deliurance. Puis combien de trauaux, de trauerses, d'anxietez de despenses, d'importunes prieres, de hõteuses submissiõs; mais que ne faudra-il point faire pour paruenir à ce point de rentrer en la possessiõ actuelle des biens & de l'honneur tant egarez?

Sans doute telles pilules sont tres-ameres au goust de ceux qui aymẽt tant soit peu leur liberté; qui plus est la restitutiõ n'est iamais telle pour le regard de l'honneur, qu'elle ne laisse apres soy quelque note qui ne s'efface point, & quãt aux biens il en demeure tousiours aussi vne partie par les chemins. Dauantage, si la peine capitale auoit lieu, l'execution ne s'en feroit pas, sinon à la poursuite & aux frais des heritiers du mort, & cete pourſuite renouuelleroit & perpetueroit les inimitiez entre les maiſons & familles. Si l'aduis propoſé eſt approuué, on ne fera point la guerre à la vie ny aux biens (ſinon en cas d'aſſaſſinat) mais ſeulement à l'honneur, pour deraciner des eſprits de la ieuneſſe Fráçoiſe cete vaine opinion que le plus prompt & honeſte moien de ſe faire cognoiſtre & acquerir reputation eſt d'auoir vne querelle & rechercher tous moiens de la demeſler ſur le pré. Pour le regard du iugemét, les Seigneurs, officiers de la couronne ou Gouuerneurs de Prouinces qui ſeront commis pour cet effect, y vacqueront d'office & ſans y eſtre autrement excitez, y appelans ſelon qu'ils verront bon eſtre les anciés Cheualiers & gentils-hommes ſignalez, non ſuſpects qui ſe trouueront ſur les lieux pour ſe deſcharger d'autát plus facilement de la haine & indignation des condamnez & de leurs amis. Et pour le regard de l'execution, elle ſera enueloppée dãs la prononciatiõ du iugemẽt, ſinon en cas de degradation, laquelle ſera executée ſans remiſe, de l'ordonnãce deſdits Seigneurs, sãs aucuns frais, & ſelon l'vſage militaire, ſans que l'offenſé, en cas de retardemẽt de l'execution ſoit receu à en faire pourſuite quand il voudroit.

Mais il faut prendre garde que pour faire reüſſir cet aduis, & en tirer le fruict eſperé, meſſeigneurs les Princes & officiers de la Couronne y peuuent beaucoup contribuer, non tant en s'abſtenant de demander des graces, qu'en fauoriſant & aduançant aux charges qui ſont de leur diſpoſition, les gentilshommes qu'ils recognoiſtront prudẽs, moderez & paiſibles, les loüans en cete qualité & les recommandans au Roy au cõtraire refuſans d'admettre en leurs maiſons & compagnies les inſolens, capricieux & querelleux. Sa Majeſté ayāt eſgard à telles recommandations, & monſtrāt qu'elle veut fauoriſer ce deſſein, il n'ya point de doute que la douce haleine de ſes bonnes graces ne face (bienqu'a la longue) vn plus grand & plus certain effet que l'impetueux tourbillon d'vn Edict foudroyant.

Il n'y à iamais faute de perſonnes qui mettent en auant beaucoup de difficultez & d'impoſſibilitez cōtre toutes ſortes de reglemens propoſez ſoit par deſir de contredire, ſoit qu'ils n'ayent l'imaginatiue aſſez fort pour ſe repreſenter ce qu'ils n'ont encore veu. Veritablement la mauuaiſe couſtume authoriſée par le cours de longues années eſt vn puiſſant tyran, auquel il eſt tres-difficile de faire perdre la place, qu'il à vne fois vſurpée. Mais, ſuppoſé que les grands ſe conformans à la volonté du Roy cōtribueront tout ce qui sera de leur pouuoir pour deliurer la noblesse de ce penible ioug qu'elle mesme s'est imposé, nous auons occasion d'esperer qu'il en aduiendra ce qui est aduenu, il y à cent ans de la coustume inhumaine des barbares Mexicains. Quand les Espagnols arriuerent premierement en leur païs, ils auoient coustume à certaines festes de l'ãnée de sacrifier à leurs idoles grád nombre de leurs ennemis prisonniers, & quand ils n'auoiẽt point d'hõmes destinez à cete boucherie, ils mouuoiẽt vne guerre à leurs voisins, à la persuasió & instigation de leurs Prebstres, seulement, disoient ils, pour auoir des sacrifices & donner à manger à leurs Dieux. Cete coustume & subiection de s'exposer aux mesmes perils, (ausquels leurs Prestres n'auoient aucune part) leur vint à degoust, quelque tẽps auparauãt l'arriuée des Espagnols. Et neantmoins ils continuoient tousiours de la pratiquer, & l'entretenoient auec autant de superstition & de solemnité que parauant aux despens de plusieurs d'entre les Espagnols mesmes. Tant il est malaisé de se departir d'vne ancienne coustume bien que notoirement mauuaise. Mais depuis que leur païs fut rangé sous la domination d'Espagne par la conduicte & valeur de Ferdinand Cortez, eux mesmes contribuerent beaucoup à l'abolition de cete damnable coustume, recognoissans qu'en leur perte ils auoient faict vn grand gain par ce qu'ils estoient deliurez de ce ioug insuportable.

Ainsi dirons-nous auec asseurance, que les Duels (qu'on peut nommer sacrifices humains ou inhumains faicts à la conuoitise insatiable d'honneur) sont venus à degoust & en mauuaiſe odeur enuers pluſieurs d'entre la nobleſſe qui ne ſont des derniers en rang ny en merite, d'autant qu'ils ſe voyent neceſſitez de ſubmettre leur conſcience à la force de cete maudite couſtume qui domine violemment ſur eux, & dirons plus qu'il y en a peu qui ne deſirent eſtre par quelque honeſte moyen affranchis de cete ſeruitude.

Quand donques ils verront que le voile d'honneur ſera oſté aux Duels, & que la brutalité de cete action ſera manifeſtée. Que les rodomontades ſeront decriées & renuoyées au Capitaine de la comedie. Qu'il ne ſera plus queſtion de chercher ſa gloire en la honte d'autruy, que les modeſtes ſeront honorez & aduancez, les inſolens blaſmez, elongnez des bonnes graces du Roy, priuez de la faueur des grands & meſpriſez, il ny aura celuy qui ne s'efforce de quitter sa vanité, sa colere, ses fougues, ses caprices, & qui ne reforme son humeur au modele de celles qu'il verra estre plus agreables. Alors comme d'vn consentement general, ils prendront en haine cete pernicieuse coustume, ou s'en mocqueront ainsi que d'vne vieille mode & façon d'accoustremens, en sorte qu'elle demeurera entierement destruicte & abolie. C'est à quoy tendent les vœux de tous les bons François, & qu'il plaise à Dieu donner efficace aux moyens que sa Majesté voudra employer pour obtenir cete victoire sans effusion de sang selon sa clemence ordinaire & accoustumée.

FIN.

www.ingramcontent.com/pod-product-compliance
Ingram Content Group UK Ltd.
Pitfield, Milton Keynes, MK11 3LW, UK
UKHW021131230726
13926UKWH00002B/727